U0000916

愛滋味

Taste of Love

詹傑 著

目次

特別收錄：愛滋感染者相關文章

用戲劇敲開同理心的大門

文／喀飛（台灣同志諮詢熱線協會創會理事長）

　　感染者承擔的汙名壓迫宛如不見血的內傷，外表看不到傷口，五臟六腑卻好似碎裂。感染者的病毒量、CD4（註）可以藉由科學儀器測度檢驗，心靈上承受的汙名、歧視、負面標籤傷害，卻是難以度量測計。

　　我常在想，到底要怎麼描述說明疾病汙名帶來的傷害，才能讓社會大眾理解其中的不公不義？要怎麼解釋那些如滔天巨浪、像狂風暴雨襲來的大眾恐懼，其實是無端恐慌的反智？

　　愛滋看似一個關於疾病、身體健康的議題，進步的醫療、先進的藥物可以解決，醫學實證的知識顯示，生命威脅、健康傷害已經和

三十年前大不相同。愛滋汙名卻是一張禁錮靈魂、吞噬心靈的巨網，傷害的樣貌隨著個別生命軌跡的不同而帶來不同程度的傷害加乘。

有人因為愛滋與男同志身分連結的雙重汙名，躲在深櫃、戴著異性戀面具偽裝過活，一點點的風吹草動就擔心受怕；有人因為年老、生病失能，亟需入住長照機構時，被以各種看似合理卻充滿敵意的藉口拒於門外，像人球般在機構與機構之間被丟來丟去；有人因為從事教職，感染者身分被拿來當作黑函攻擊的武器，遭遇無知家長和學校行政人員高舉保護學生大旗，進行洩漏感染者隱私的違法行為攻擊，如同私刑般的公開討伐欺凌。

愛滋宛如一面照妖鏡，人性中怯懦、冷漠、貪生怕死、自私的黑暗醜陋面，全都在面對愛滋刻板印象之際，毫無隱藏地顯露猙獰邪惡。

每個帶給感染者痛苦、讓被汙名者活得辛苦的故事，背後都交織著複雜的因素。不得歧視的

法律條文，少了完整健全的申訴制度，顯得蒼白冰冷；政策無作為，任由長照機構普遍且公然排斥、拒絕感染者；悖離醫學知識的「感染者怎麼可以在第一線擔任教職，誰來保護無辜學生健康」之說，不過是藏著反同、恐性偏見的道德獵巫行徑；當命運推著各種生活難題、人生困境交錯橫陳，大眾的愛滋恐懼於是成為壓垮已經喘不過氣人生的最後一根稻草。

　　人類與生具有求生本能，對於連結死亡、身體傷害或影響生存的事情，本能地懼怕、擔心或反射性做出避險行為。社會大眾的恐懼是真實的，焦慮也是真實的，值得玩味的是，如果對愛滋的懼怕焦慮來自擔心死亡的求生本能，那為何攤開愛滋醫學知識解釋——「愛滋已經不是絕症」、「感染並不會立即遭受死亡威脅」、「治療藥物已經可以讓感染者壽命延長」之後，卻仍然無法消除許多人根深蒂固的擔心、恐懼？

　　怎麼消除絕不是高喊「不要歧視」就能解決。

如果每年十二月一日世界愛滋日只要大聲疾呼「不要歧視愛滋、不要歧視感染者」就可以讓以上種種不公不義消弭，那我願意每天在街頭對來往人車大喊一百次「停止歧視」。

　　違法的歧視行為要有明確的責罰案例公諸於世，才能形成有用的社會教育；對於來自人心、活生生存在的恐懼和焦慮，則要仰賴生命價值辨證和打動人心的故事敘說才能敲開同理心的大門。我相信戲劇、文學、藝術是扮演這個角色的最佳平台。

註：「病毒量」和「CD4」都是用來觀測感染者健康變化的指標。CD4數值愈高，代表免疫力愈好；數值若低到一個程度，代表免疫力遭破壞，健康出現警訊。原名為CD4受體（表面抗原分化簇4受體）。病毒量指的是感染者身上每毫升血液中HIV病毒的數量。感染初期病毒量可能達上百萬，長期穩定服藥超過半年後，病毒量將可能測不到。

因愛滋生的力量

文／杜思誠（台灣同志諮詢熱線協會政策推廣部主任）

　　從大學時代參加台灣同志諮詢熱線協會的愛滋小組義工，到成為負責愛滋議題的正職工作人員，在這十幾年間，我看到許多與愛滋有關的故事，有一些很辛苦，也有一些充滿力量，在此希望透過我所分享的真實情境與事件，讓大家對於愛滋有更立體的瞭解。

　　在我的工作經驗中，愛滋不只影響愛滋感染者或同志族群，也有許多異性戀受到影響。這些異性戀朋友前來諮詢時往往口氣緊張，非常擔心自己感染愛滋，然而細聽他們的性事，部分人的性行為有感染風險，但有更多人沒有感染風險或風險很低。有些人不斷搜尋眾說紛

紜的網路資訊，沒有意識到自己已深陷焦慮之中。對他們來說，愛滋或許就像是八點檔鄉土劇中常出現的概念：「報應」，因為自己做了一些不符合社會道德的性行為，像是找性工作者、一夜情、或是背著另一半偷吃，所以會有得到愛滋或性病的「報應」。在我眼中，這些焦慮與恐懼的背後是深深的罪惡感。

愛滋的污名與社會壓力如何影響個人，從一個人發現自己感染時的反應可見一斑。在熱線匿篩工作經驗中，剛得知陽性結果的朋友，通常一開始會震驚、空白、難過、自責、強裝鎮定……。在我們的陪伴之後，才比較能娓娓說出自己的擔心：身體健康會不會受到影響？身邊的伴侶或家人是否難以接受？工作、出國或未來人生規劃會不會因此困難重重？自己是否不該再愛人與被愛？對於這些剛感染的朋友來說，健康只占了一小部分的擔心，最大的恐懼是被親友或社會排斥與拋棄。在醫療資源發達的台灣，愛滋其

實是人際的疾病。

社會對愛滋的不理解與排斥，反映在人們面對感染者的不平等對待。有時這些不平等對待甚至是來自於專業工作者，像有感染者朋友看牙醫，因為初診單勾選了自己有感染HIV，就被櫃臺小姐以診所消毒設備不足為理由拒絕看診，灰頭土臉地回到熱線哭訴。我也看過感染者義工身體不舒服躺在熱線客廳沙發上，不願意看醫生，只因為要面對告知醫護人員感染者身分的兩難情境，不確定講了是否會遇到另眼對待。每次看到這樣的故事，都讓我很難過，為何同樣都是人，有人卻因為感染疾病而被歧視對待，甚至自我受限。

即使現實世界對於感染者如此不友善，我也曾看過一些充滿力量的片刻。像是某一年的同志遊行，一位感染者義工站在遊行的頭車上分享，當時車子剛好開到忠孝東路快到光復南路口，原本戴著帽子和口罩、全身包緊緊的他，在演講到

一半時突然決定脫下帽子、口罩，用真實面貌向路人說出自己的故事與感染者處境。當他卸下外裝說自己是愛滋感染者，現場湧起如雷的掌聲。這是他第一次在公開場合對不特定公眾出感染者的櫃，我在隊伍中目睹感動的這一刻。後來幾年也陸續有感染者義工在公開活動中出櫃，用他們的故事感動群眾，用出櫃作為成為改變人心的力量。

我也看到感染者身邊的親友並非都是恐懼疾病、急著將感染者推開，有不少人努力讓自己從對疾病的陌生恐懼到理解接受，只因為感染的是自己深愛的人。有人願意花時間陪自己的感染者好友每一次回診，有人為了自己的感染者孩子努力進修、獲取新知，也有人在知道伴侶的感染者身分後，更珍惜自己的伴侶。

與感染者的日常互動，也讓一些非感染者瞭解感染者的處境與社會壓力，反思自身的愛滋恐懼。有一些朋友為了想幫社群做事而來熱線當愛

滋義工，但其實對愛滋感染仍有擔心，對感染者也不瞭解，他們是在每次來熱線與感染者義工一起工作、交流，聽感染者的生命故事分享，才逐漸化解對於疾病的恐懼。熱線也曾經 推出 I AM HIV+ 的 T恤，讓大家穿著表達對於感染者與愛滋議題的支持，有一些義工在穿了 T恤之後，被旁人投以異樣眼光，被追問是否感染愛滋，而更感同身受感染者的出櫃壓力。

我希望透過這些故事讓大家看到，社會的理解與接納，以及旁人的支持，是感染者得以解開污名枷鎖的重要力量。如果你看完《愛滋味》有些共鳴與感動，希望我們一起成為推進改變的一份子，讓感染者可以更活得更自在，非感染者也不再因為恐懼受苦。

創作自述
關於劇本《愛滋味》的創作旅程

文／詹傑（編劇）

　　一個友人的突然不告而別，關閉所有聯繫管道，再也不與我們這幫朋友聯絡，我一度揣測這會不會是欠債跑路，「出國進修」去了。數個月後，朋友聚會傳來耳語，大家私下面有難色說道，「嘿，聽說他中了，辭了工作，回南部去！好慘！」這個「中了」，我最後才知道是愛滋確診，正確一點來說，是驗出感染了 HIV 病毒，但尚未免疫力低落到無法抵抗感染，然而只要控制得宜、按時服藥，跟一般正常人的壽命其實相去無遠，也無須傾家蕩產進行醫療，甚至在穩定治療到病毒量測不到的情況（註）下，一樣可以做愛、生子，而沒有日常感染他

人疑慮。但這些，都是很久很久以後，我才能完全了解，但也無機會再告訴這個失蹤友人。

（註：U=U，當HIV感染者穩定服用抑制HIV的藥物，而使體內病毒量降低到儀器也測不到的程度並持續六個月後，此時就算不戴保險套發生性行為，也不會將HIV病毒傳染給他人。）

霧中風景

關於愛滋，一開始我其實一無所知。

我如同大家一般上網搜尋，獲得了很多醫學知識，諸如潛伏期、發病期、CD4、急性反應，還有許多繪聲繪影的小道消息，但卻少有人提及萬一生病了，我是否可以從容走進醫院就診，而不是某一則我看到的網友分享，他早早預約去拔牙，卻在告知自己的感染者身分後，突然被移到了最後一名看診。在經過曠日廢時的等待後，他走進診間，看到的卻是宛如太空艙般的防護措施，整張診療椅都被包裹上了保鮮膜防護。但這

名網友還是感謝的，因為他最後成功拔了牙，而不是屢屢被各種莫名的理由擊退婉拒，即便他再三說明自己按時服藥，病毒已經測不到，沒有感染他人風險。

病毒測不到，但還是依然存在於血液裡，就像存在於大家腦海裡的刻板印象和猜測。也許從那時起，我便開始想寫一個劇本來記錄並關於這件事。我想問，如果我是那名失蹤的遠方友人，在我心裡，我究竟走過並看見了那些風景。

參與義工培訓，成為愛滋篩檢員

決定籌備劇本寫作，在我經歷數月資料研讀後，我成為一名擁有豐沛愛滋相關知識的人，可以充分分享各種身體指數意義，卻沒有離故事更近一點。很快的，我就在劇本上卡關撞牆。

為了能夠更深入了解愛滋議題，我報名了台灣同志諮詢熱線協會的愛滋篩檢義工培訓，在長達半年的培訓、進入實作、事後督導的訓練中，

我訝異於這套晤談模式的縝密。相異於一般外地場合的愛滋快篩，在半小時以內完成篩檢與衛教告知，熱線的愛滋篩檢提供了一對一單獨會談，在保密安全的環境內，來訪者無須留下任何聯絡資料，且出了晤談室彼此不會再有交集。我們扮演讓人安心的陌生人，傾聽並釐清每個被帶來的疑問，試著在僅僅只是告知有無感染 HIV 病毒之外，與受檢者產生更多交集。來訪的人形形色色，異性戀、同性戀、有男、有女，有年輕人，有中年大叔，有在特種行業上班的小姐，也有篤信宗教的教徒，不到一坪大的小房間，儼然是這個社會的某種縮影，愛滋議題突然成了有血有肉的人物，來到了我的身邊，說著他們各自的故事。

　　幾乎百分之九十以上的預約會談者，離去時檢測都是陰性反應，極少數的陽性檢測結果，多半心理早已有所準備。過程中，有實實在在的疑問，例如口交是否需要戴套、口交前應該刷牙和

使用漱口水清潔嗎？也有牽涉情感拉扯和內心負罪感，問著出軌、背叛、偷吃、買春的性行為，是否自己就「髒了」，甚至染上了可怕的愛滋病，諸如此類的憂慮染病情緒，以及性行為後的焦慮轉移。很多時候，我們安靜傾聽，因為對方只需要一個安全出口，讓他可以說出內心最深層的擔憂，而那常常是與愛滋病本身無關的。

小小的晤談室，也像是人們內心的告解空間。

晤談中除了有專業篩檢員進行檢測外，有一個非常重要的提問是，「如果等等你的檢測結果是陽性，你將會怎麼辦？」當多數來訪者還在擔憂自己的檢測結果時，我們會帶著他們想像一個真的染病後的人生，而那常是漫長的沉默，好像第一次自己不得不去到了感染者的位置上，要重新去面對這個世界。

如果染病，離開這裡後你會去哪裡？身邊有朋友可以提供支援嗎？

如果染病，工作上你覺得會有影響嗎？

如果染病，你會想怎麼跟家人溝通？

如果染病，其實家人共同吃飯、洗衣、擁抱親吻都不會有影響，你知道嗎？

如果染病，如果你有另一半，你會想告訴他嗎？

如果染病，如果你沒有另一半，未來有新對象，你會想告訴對方嗎？

如果染病，你覺得，你會怎麼跟自己相處？

每一個問題都牽涉到不同生活層面，這些最貼身的提問，往往是最困難的考驗，但這也許就是感染者朋友的日常，這是他們每天、每時，而且可能終其一生伴隨的難題。而往往，這些問題我們也無從解答，我們只能開始思考，然後試著面對問題。

《愛滋味》劇本創作

在擔任為時一年多的篩檢義工後，我重新回

來面對我的劇本故事，我才發現這個問題難解的部分，也許不是疾病，而是存在於多數人對於這個病的看法，甚至是感染者的自我看待上。時至今日的台灣，因愛滋病發身亡者極少，且多半是不知自己染病下併發難以挽回病症，更多是開始試著與愛滋病毒相處，守著這個祕密、就在你我身旁的感染者朋友。

我曾經和一個感染者朋友相談，問他，其實現在的愛滋藥物，只要每天按時固定服用，在沒有過大醫藥負擔下，不也跟我們平時按時服藥控制高血壓、心臟病一樣嗎？朋友說，每天晚上八點是他的固定服藥時間，當他吃下那一顆小小藥丸，都像時時提醒他是個有缺陷的存在，那幾分鐘之間，常常是他一整日裡心情最不好的時刻。

那刻我才意識到，原來有那麼多細微的心情轉折是我不熟悉的，還包括感染者朋友和健康另一半的相處，情感角力的戰場裡，愛滋病屢屢成為引爆彈，或者是情感破裂的擋箭牌；包括感染

者身分曝光後，大家對染病者的淫亂想像和指責，卻不知道很多人性經驗其實少之又少，一次疏忽的不安全性行為就染病了。

　　對我來說《愛滋味》的劇本故事，應該要處理的不僅僅是疾病本身，還有更多伴隨疾病而來的寂寞、傷害、猜疑，以及在危難之中仍然有人願意給予扶持的力量。《愛滋味》創作結合我在偏鄉擔任校園替代役的經驗，透過一個偏遠小學裡頭的愛滋風暴，看到每個角色對於愛的渴望，還有最後他們不得不面對最真實的自己。

　　這是個野心可能太大的創作嘗試，但我試著把感染者放到如你我一樣，希望觀眾能夠一步步貼合到他們內心，也許會有那麼一個短短瞬間，有了同理和溫柔理解的可能。而作為創作者的本位，我也將所有素材經過轉化，抹去任何可以辨識的痕跡，保護曾經提供我故事與訪談的夥伴們。

　　劇本《愛滋味》於二〇一五年於台北水源劇

場，由創作社劇團演出五場，感謝這一路夥伴支持，台灣同志諮詢熱線協會朋友們的大力相助，還有無數提供意見與訪談經驗的朋友，最後是演後給予反饋的觀眾。

二〇一八年，《愛滋味》去了更遠的地方，由傑出翻譯夥伴 Jeremy Tiang 轉譯劇本語言，入選全球酷兒戲劇節，在超過一百部劇作中，最終入選七部之一，並於英國倫敦 Arcola Theatre 讀劇演出，讀劇後收錄於《GLOBAL QUEER PLAYS》一書。

這麼多年過去，對於那個名失聯的友人，這個劇本像是一封書信，我想寄給他。我想說，也許你的問題我一個都解決不了，但我開始能夠理解你，我也願意陪伴在你身邊。

愛滋味

Taste of Love

詹傑──編劇作品

場景

場上僅陳設簡單桌椅，透過多元組合，寫意地表達出不同場所。

當場景坐落於學校，背景聲不時可以聽見自遠方傳來，揮之不去，悶悶地、偶爾尖銳的工廠作業聲響。

角色

李明哲，輔導老師，四十五歲

梅家玲，校長，與明哲同年

小瑜，國三中輟復學生，十六歲

楊毅傑，二十來歲的代課老師，教授數學

羅文凱，明哲男友，年紀比明哲小七、八歲

註：毅傑和文凱，由同一位演員扮演

愛滋味

序場

（毅傑先進場、家玲、小瑜在開始說台詞，不但傷害同班同學時明哲進）

（燈亮時，小瑜在左下舞台，正念著一份悔過書的末尾。當小瑜一邊念著悔過書，場上可以聽到沙沙作響的錄音聲，似有若無。）

小瑜：我陳佩瑜，不但傷害同班同學，還說謊，傷害老師。我對自己做的事感到非常抱歉。我知道錯了。我願意接受學校懲罰……

（小瑜念完悔過書，趴下，繼續重複念著悔過書。）

（校長家玲起身走了過去，拍拍小瑜，安慰著她。）

（毅傑遠離小瑜，走到一旁，明哲見狀，走近。）

明哲：辛苦了。

（毅傑望望明哲，露出木訥表情。）

明哲：這一切……挺不容易的。

毅傑：對啊，要一個半大不小的孩子，承認自己
　　　錯了。

明哲：我是說你。

毅傑：我？

明哲：我聽說了那個女孩的事。

毅傑：……我是導師。雖然只教他們這一年，但
　　　這是我的責任。

明哲：那些指控很嚴重，學校一定得……

毅傑：我明白。

明哲：一提到她，每科老師都搖頭。但上課不認
　　　真、逃課是一回事，亂說老師性侵自己，
　　　那又不一樣了。

毅傑：我有把她傳給我的簡訊紀錄，全交給學校。

明哲：我有看到。

毅傑：我也願意接受學校對我的懲處。

明哲：為什麼？

毅傑：我沒把這個孩子教好。

明哲：你不擔心嗎？

毅傑：什麼？

明哲：工作。

毅傑：喔⋯⋯我還沒想到這件事。

明哲：毅傑老師，我記得你是教⋯⋯

毅傑：數學。

明哲：恐怖的科目！

毅傑：我研究所畢業時，論文題目是機率。

明哲：你覺得你明年繼續教的機率是多少？

毅傑：這好像不是我能決定的事情吧。

明哲：別的老師都很看好你的啦。

毅傑：有嗎？

明哲：他們說你熱情。對學生又有耐心。

毅傑：如果是，這些事情就不會發生在我班上。

（停頓。）

明哲：那還喜歡教書嗎？

毅傑：現在？

明哲：發生這件事情以後。

毅傑：……我不知道。

明哲：要是我啊，老實講，我也不知道。但你還有時間可以慢慢想。就算明年沒考上正式老師，學校一定也會繼續聘你來代課。

毅傑：謝謝。還讓你特地幫我加油打氣。

明哲：別客氣。學弟。

毅傑：真的假的？你也是……

明哲：我不是數學系的。我只是瞭解代課老師的壓力。

毅傑：你代課老師多久了？

明哲：我自己是個公費生，是我一個很要好的朋友考了很多年。應該大你幾屆。

毅傑：他考上正式老師了？

明哲：沒有。年初過世了。生病。

毅傑：不好意思……很可惜耶……

明哲：可能當初就少了一個鼓勵他的人。學弟
　　　啊，你要堅持下去哦。

（停頓。）

毅傑：小瑜，學校接下來會怎麼安排她啊？

明哲：小瑜？

毅傑：陳佩瑜。我都這樣叫她。

明哲：聽校長意思，會辦理輔導轉學。她自己也
　　　同意。這段時間還有一些流程要走。我會
　　　盡力幫忙。

毅傑：真的很不好意思耶。你剛來，就要你處理
　　　這麼麻煩的事情。

明哲：不會。反正我也想跟小瑜多聊聊。

毅傑：她沒那麼好相處哦。

明哲：那好，反正我也是個怪咖。我相信啊，眼

睛是不會騙人。我想看她自己怎麼說。

（小瑜跑去左下舞台，念著一段簡訊。）
（小瑜跑到場中間時，家玲上場。）

小瑜：六月九號⋯⋯老師，我要去找你過生日。
　　　就這麼說定囉。我有一件很重要很重要的
　　　事，要馬上告訴你。

（明哲望著女孩，燈漸暗。）

第一場

（諮商室。明哲站著，出神望向某處，彷彿等待時間消逝。窗外不時傳來孩童嬉鬧聲，偶爾夾雜一陣來自遠方，鐵工廠的金屬敲打尖銳噪音。）

（校園鐘響，孩童聲遠去，天色轉暗，終至靜寂。）
（明哲看了看表，收拾桌上東西，正要走時，家玲走進。她看上去非常疲倦。）

明哲：校長。

（家玲自顧自坐下，從包包拉鍊暗袋，拿出菸和打火機，正準備點，停下。）

家玲：終於下班了。

明哲：該來的不來。

家玲：（拿出菸）有我來看你，你要偷笑啦。

明哲：我這裡沒有菸灰缸。

家玲：我有。

（家玲又從包包拿出一個紅色塑膠杯。）

明哲：很台耶你。

家玲：怎樣？

明哲：和你很搭。

家玲：講話可以再刻薄點沒關係。

明哲：不然呢？看看你的樣子。

（家玲順著明哲眼神，發現裙子好幾處沾上泥水，搓了一下，發現都已乾涸。）

明哲：剛打完仗回來？

家玲：對啊。下午去看校門施工，突然下了一場雨。

明哲：（輕輕哼起Bob Dylan名曲）

　　　It's A Hard Rains A Gonna-Fall。

家玲：發現你嗓子好像還沒開耶，來！吃這個開
　　　嗓。

明哲：檳榔？！

家玲：（台）雙星仔。白灰。

明哲：這什麼？

家玲：用來攏絡工人大哥的。

明哲：算你厲害！

家玲：現在是有新校門沒地方擺。附近工廠也不
　　　願意讓條路給我們。我連為小孩子們著想
　　　這種話都說出口了。

明哲：他們聽了不感動嗎？

家玲：我們的寶貝學生最近才把人家停在工廠門
　　　口的機車給燒了。監視器還拍到兩個穿制
　　　服的女學生。

明哲：我是聽說明年學校可能就不在了。廢校整
　　　併什麼的。

家玲：明年的事再說啦。

明哲：那他們派你來幹嘛？

家玲：我討人厭！他們想整我吧！

明哲：我和修校門的工人無條件支持妳。校長加油！

（停頓。）

明哲：好了，到底哪個比較讓你心煩。校門還
　　　是……那個小瑜？

家玲：她今天不是有來上學嗎？

明哲：來啦，但一進校門就不見了。

家玲：那人呢？

明哲：有同學告訴她，我在找她。

家玲：那你一整天在幹嘛？折紙蓮花啊？

明哲：對，請享用！

家玲：找死啊你！

明哲：我一整天接不完的電話，都是其他學校打
　　　來探聽小瑜的。

家玲：你怎麼說？

明哲：還能怎麼說？我說她⋯⋯很⋯⋯文靜。不講話的時候。

家玲：我問了好幾間學校，都說要先內部討論。

明哲：相信我。永遠討論不完。

家玲：沒別條路可走了。

明哲：就算你把她轉去別的學校，情況也不會變好！她可能再也不去上學。新學校也不會積極去找她。從此像幽靈人口一樣，自生自滅。

家玲：我不能留她。有好幾個同學看到，她把班長關在廁所裡，還潑了一整桶髒水。班長她媽媽是我們家長會會長。

明哲：當初也是妳把她接來的。

家玲：我以為她會乖乖的待到畢業。

明哲：你知道前一個輔導老師留下的資料亂七八糟。請問她父母去哪了？我一直聯絡不上。

家玲：你就別管了吧。你只要讓她別再出錯。等到新學校確定，她就會走。

明哲：可是我覺得妳還是應該……

家玲：好了。她自己也答應了。這是對她最好，也是唯一的辦法。

（停頓。）

明哲：小瑜指控老師性侵她。你是擔心學校會被這件事影響？

家玲：我已經去教育局報告。事情發生的時間，楊老師人正在辦公室和我待在一起。所以整件事都是小瑜說謊捏造出來的。你聽懂了嗎？

明哲：她幹嘛要捏造？

家玲：我不知道。我也沒力氣知道了。

（小瑜跑著，往右上舞台離開。）

明哲：盡力就是了。希望她能安分守己，聽得進我的話。

家玲：謝天謝地，還好你來了。

明哲：看看你把我拉到什麼火坑裡來。

家玲：說真的。你能來這裡。我很高興。

明哲：總算講出點人話了。

家玲：我本來不抱希望。要借調老師，學校通常不肯放人。

明哲：他們很快就答應了。

家玲：因為阿凱？學校知道你們兩人關係嗎？

明哲：多少吧。

家玲：那你還介紹他到你們學校去代課！

明哲：我不後悔。

家玲：委屈你了。調到我們這間搖搖欲墜的小學校。

明哲：想你，我就來了。

家玲：你知道嗎，你說謊的時候，就是這種表情！怎樣，要不要介紹工人大哥給你認識

　　　　一下？

明哲：講哪去啊！……神經病。

家玲：你前天不是拉著毅傑老師，講了好一會
　　　話。

明哲：那是因為他讓我想到……

家玲：阿凱？

明哲：所以才忍不住雞婆，幫他打打氣。

家玲：可是他們兩個的 style 好像不太一樣。

明哲：我知道。可是他跟阿凱的處境是一樣的，
　　　你知道阿凱當初可以更努力的話……

家玲：事情不會總按照你希望的方式走……

（停頓。）

明哲：你知道嗎？今天想到阿凱，一下子腦袋好
　　　多畫面。好像又年輕十幾歲，回到以前在
　　　政大附近租的小套房，又潮濕又發霉。我
　　　和阿凱，兩個大男生擠在一張小床上，早

上起來的時候，身上全是天花板掉下來的
白屑屑，我就想到以前那個日劇《東京愛
情故事》最後一集白茫茫的雪景。

家玲：那請問你是哪個角色？

明哲：我是鈴木保奈美哦！

家玲：噢，好浪漫啊！人好像到某個年紀以後，
　　　年輕時候的事記得特別清楚。

明哲：我記得大學迎新宿營的時候你臉上妝好像
　　　就很濃。

家玲：煩不煩啊！多久的事，還拿出來講！

明哲：誰叫你都不來參加同學會！現在你是五年
　　　級最年輕有為的校長，您大概是不屑跟我
　　　們這群廢材混了喔！

家玲：其實班代都有跟我聯絡，我才知道你的近
　　　況⋯⋯

（停頓。）

家玲：說真的，聽到阿凱的事我很難過，真的。
　　　我還以為……

家玲：畢竟你們都在一起這麼久了。

明哲：每年都說要分。結果還不是我照顧他，送
　　　他最後一程。

家玲：怎麼會一個單純的肺炎，人就走了。我本
　　　來想打電話給你。

明哲：不用！老同學一個一個打電話來，我都快
　　　淹死在安慰裡。

家玲：這麼說來參加同學會，多少還是有點用
　　　處。

明哲：今年秀芬沒來，我們一下子少了兩個人。
　　　以前都是她和阿國學長一起出席。

家玲：自己老公自殺，你要她怎樣？

明哲：我們也沒敢打給她。大家都不知道該……
　　　說些什麼。

家玲：慢慢來吧。這種事，總是需要點時間來接
　　　受。

明哲：那你呢？如果是你的話你會怎麼辦？

家玲：一樣。

明哲：少來！我知道阿國學長對你的意義，和阿凱對我一樣。

家玲：哪裡一樣？拜託，我連他告別式都沒去參加。我們之間只是學長、學妹的關係。

明哲：當初你們可是一起念書，一起跑社團、一起參加學運……最後還一起考上校長……

家玲：最後還不是分手了。十幾年都沒有再連絡了。

明哲：學長和秀芬結婚後，你就和我們這群老同學斷了。

家玲：不然呢？跟你一樣淹死在安慰裡？

明哲：學長怎麼會走到這一步？他的情況，你應該比我們清楚。

家玲：記者說他是畏罪自殺。營養午餐收賄的案子都還沒起訴，他就頂不住壓力！真是沒用的東西。

明哲：可是我相信阿國學長！他當校長那麼多年，也沒有過得比較好。他不會是拿錢的那種人。

家玲：人都死了，再多人願意相信他，也沒用。

（停頓。明哲望著家玲，話到嘴邊又止住。）

家玲：來到這間學校，我學到很多。學生家長裡有吸毒的，自殺的，還有喝得醉醺醺的拿著一把刀來學校找自己小孩的。看到的壞事愈多，我就愈無感。最終你會發現，沒有一個人是完全壞透的，但也沒有人是完全無辜的。然後慢慢地，我們就只能學著妥協。

明哲：我不懂。

家玲：我也不懂。

家玲：其實我和阿國還有見過一次面。就在他自殺之前。

明哲：他找你？聊什麼？

家玲：沒談什麼。我們就像十七八歲的年輕人一樣，晚上約在公園見面。

明哲：就這樣？

家玲：還能怎樣？像他這種木頭人，你跟他講薇閣，只會想到薇閣中學。我們就聊聊以前，聊一起準備考試的時候，聊剛考上校長的那種興奮得不得了的心情，然後十幾年就這樣沒了……

明哲：熱烈的愛情最多只有兩年。科學家說的。

家玲：那兩年之後呢？

明哲：你會開始擁有不一樣的東西。

家玲：像我現在我擁有的只有這間隨時都可能會消失的學校。

明哲：我會幫你搞定小瑜。有我在，不怕。

（停頓。）

家玲：老頭。除了他之外，我應該是這世界上第
　　　二愛你的人吧。

明哲：這個世界上，除了他之外，只有你會這樣
　　　叫我。

家玲：（笑）老頭。

明哲：我在。

（燈漸暗。）

第二場

（黑暗中，阿凱輕聲喊著「老頭」。）

（燈漸亮時，明哲佇在桌旁，對著文凱說。）

（文凱臉上有些未退的醉意，此處是兩人共有的賃居處。）

明哲：醒了？

文凱：我睡好久。

明哲：一整天。

文凱：天都黑了，現在幾……我手機呢？你有看到我的手機嗎？

明哲：我沒看到。

文凱：昨天呢？

明哲：昨天？

文凱：那時候手機在我身上嗎？

明哲：你在門口吐了一地。我就趕緊把你扶到浴
　　　室了。

文凱：噢⋯⋯shit該不會丟了吧！

明哲：餓不餓？

文凱：還好。

明哲：我以為你不來。

文凱：對不起。說好要幫你過生日。

明哲：所以你來啦。

文凱：時間都過了。

明哲：菜都還沒吃！我弄了一桌子菜！

文凱：你一直在等我？

明哲：你回簡訊，說你會來。

文凱：其他人呢？不是說有一堆人要來幫你過生
　　　日。

明哲：其實⋯⋯只有我們兩個。

（兩人對望。）

明哲：你應該要吃點東西。睡了整天。

文凱：真的不餓。現在幾點了？

明哲：快八點。

文凱：八點？我要走了

明哲：坐吧。

文凱：我得走了。

明哲：……還是你明天來。我們好好吃一頓。

文凱：我最近比較忙，可能要去趟國外。下個月
　　　才回來。

明哲：跟誰？

文凱：朋友。

明哲：我認識嗎？

文凱：我們再約，好嗎？

明哲：那起碼喝一杯再走。

文凱：可是我的頭……

明哲：你喝水，可以吧。

（明哲拿酒、水給明哲。兩人乾杯。）

文凱：生日快樂。

明哲：還沒許願。

文凱：我剛剛已經幫你完成一個了。

明哲：搬回來住吧。

(沉默。)

文凱：我真的得走了。反正你有看到我手機再幫
　　　我留下來……

(明哲口袋裡傳來手機鈴聲。兩人對望。文凱走向明
哲。)
(明哲拿出手機，握在手裡，沒有要接。手機聲持
續。)

明哲：他是誰？

文凱：你在幹嘛

明哲：他是誰？

文凱：朋友。

明哲：新對象？你要和他出國去？

文凱：你到底在幹嘛啊？

明哲：他昨天打一整晚。我接了。

文凱：你跟他講什麼？

明哲：他不知道自己在講什麼。他根本不是清醒
　　　的。

文凱：他喝醉了！

明哲：你到底有完沒完！

明哲：你和他上床嗎？

文凱：對。

明哲：你們在一起了？

文凱：沒有。

明哲：是他給你毒品？

文凱：你偷看我手機。

明哲：安非他命是他給的？

文凱：我們一起用。

明哲：你搞什麼啊？

文凱：我自己的事，我自己處理。

明哲：阿凱，你在搞什麼啊？學校不去，代課不管，找不到人，現在整個人一副鬼樣！為什麼不接我電話？

文凱：我們分手了。你忘了？我們分手好幾個月了。你媽打給我，叫我不要再跟你來往，說你準備要結婚了。你忘了？還是你他媽的也嗑藥了？

明哲：所以你這樣作賤自己？

文凱：李老師，你要不要幫我解釋一下什麼叫作賤自己？

明哲：你花那麼長時間準備考老師，全都不要了！

文凱：我沒有要當老師了。

明哲：那你要幹嘛？

文凱：幹嘛都好！

明哲：幹嘛都好，你就要去吸毒嗎？

文凱：你想試嗎？

明哲：我沒蠢到像你一樣。

文凱：我真的覺得你應該試試的。只要一點點就
　　　會清醒得不得了。什麼問題都可以想通。

明哲：你他媽到底想通什麼？

文凱：我一點都不想當老師。

明哲：好。那好吧，你去做點別的。

文凱：操你媽！你知道我為什麼要這樣做嗎？因
　　　為這是你要的。

明哲：我沒有逼你。

文凱：對。你沒有逼我。我自己覺得我這麼做，
　　　你會很開心。所以我拚了命努力。結果有
　　　一天醒來，我發現我很不快樂。然後我覺
　　　得更恐怖的是，你連承認自己不快樂都不
　　　敢。你喜歡當老師嗎？

明哲：這是我自己選的。

文凱：是為了你媽選的！你就可以當個孝順的好
　　　兒子，這樣大家就會覺得你就很正常、很
　　　棒，沒人會發現你是個死gay！就算同事

們發現了也不會說，因為說出來很麻煩，
　　　大家最好裝不知道。

明哲：這跟我媽有什麼關係！

文凱：對啊。一開始，我也以為是你媽的問題。
　　　我還會偷偷想，如果她哪天死了，是不是
　　　一切問題都解決了。但其實不是。你才是
　　　最可怕的。是你讓她這麼做，讓她控制
　　　你，陪她一起演這齣戲。你們一模一樣。

（停頓。）

明哲：我可以改……阿凱搬回來住吧。

文凱：為什麼？

明哲：我們可以重新開始。

文凱：我們已經結束了。

明哲：在一起這麼久，不都走過來了嗎。

文凱：新對象很好。做愛和生活都很輕鬆。一點
　　　負擔也沒有。

明哲：他會害死你的。

文凱：這是我選的。

明哲：我不會讓你毀了自己。

文凱：怎麼樣？因為你現在又老又醜，找不到其
　　　他人愛你，所以挑我是最方便的。

（明哲拉扯文凱衣服，作勢要打他。）

文凱：揍我啊！說不定我會重新愛上你！

（手機又響，明哲氣得扔在地上。文凱平靜地望著明
哲。）

文凱：老頭。你連自己都愛不了了，有什麼能力
　　　去愛別人。

第三場

（輔導室裡，小瑜專注玩著自己的手機，明哲試圖拉回小瑜注意力。）

明哲：我不知道手機長這麼帥！
小瑜：我們分開很久了。
明哲：你可以把它領回去。
小瑜：真的？
明哲：我跟學務主任確認過。不用再扣著。
小瑜：好喔。那⋯⋯謝囉。

（小瑜站起身，拿了手機，轉身準備離去。）

明哲：再見。
小瑜：希望不要。

明哲：我原以為你很講義氣的哦。

（小瑜停下。）

小瑜：所以呢？

明哲：我還你手機。你陪我聊天。同學沒有轉告
　　　你嗎？

小瑜：好啊！來聊啊！

明哲：為什麼躲著我？

小瑜：為什麼要讓你找到？

明哲：你都來上學了，還要忙著躲我。

小瑜：我都有來上學，是因為我答應過校長。我
　　　沒答應你什麼。找不到是你腿短，走路不
　　　夠快，怪誰？

明哲：你都這樣和老師講話？

小瑜：我都這樣跟老師講話。所以他們都不跟我
　　　講話了。

明哲：但我們是在聊天。

小瑜：我們不會是朋友的，裝什麼？

明哲：你怎麼知道？

小瑜：誰是你的好朋友？

明哲：校長。

小瑜：哇靠～真慘。

明哲：所以誰沒那麼慘，又剛好被你挑中？

小瑜：沒有。我不需要。因為我是質數，獨一無二的質數！你知道那是什麼？

明哲：你這麼喜歡數學啊！

小瑜：質數只能被自己和一整除，所以它不需要任何多餘的人！

明哲：那樣也會寂寞吧！

小瑜：不然你去找個倒楣鬼和我作伴。

（停頓。）

明哲：我跟你講，有天早上，媽媽去叫小明起床，他說：小明小明，今天開學，快遲到

了，還不趕快起床！小明說，我才不要去
上學，反正老師不喜歡我，同學也討厭
我。媽媽說，可是小明，你是校長ㄟ，怎
麼可以不去參加開學典禮。

（小瑜笑了。）

小瑜：你不怕我去跟校長講。
明哲：有點。
小瑜：（打量明哲）你不錯喔你（廣東腔）。
明哲：每次我去班上找你，都只有男同學肯幫我
　　　忙。
小瑜：嗯哼。
明哲：為什麼？
小瑜：為什麼？
明哲：不要跳針！
小瑜：（唱）叫我姊姊～
明哲：嗯？

小瑜：你怎麼沒跟上？扣五！

明哲：因為我腿短。

小瑜：我已經回答啦！男同學覺得我像謝金燕，又台又辣，帥到不行。

明哲：女同學呢？

小瑜：你不是已經知道了。

明哲：這樣會害你被孤立。

小瑜：夜市裡哪一攤小吃生意最好，你知道嗎？

明哲：便宜又好吃的？

小瑜：是最多人排隊的！每次都買不到，你就會很期待。你就會想，那應該是最好吃的。

明哲：所以那些男同學都還在排隊。

小瑜：其他女生就沒生意。她們就會哭哭。

明哲：在她們之中，一定還是有人是很想好好認識你的。

小瑜：靠～你都幾歲，還講這種話！怎麼出來社會混？

明哲：我已經在這個世界上混了四十五年。

小瑜：那不一樣。你是老師。只在學校混。

明哲：那敢問您是混哪裡的啊？

小瑜：夜市～

明哲：蛤？

小瑜：我在夜市賣胸罩。業績超好！人稱胸罩女王就是我，陳佩瑜。

明哲：你還是個學生。

小瑜：我十六歲了。

明哲：法律有規定哦，胸罩女王，未滿十八歲的女學生，不能在外面工作到這麼晚。

小瑜：法律不會付我每個月兩萬塊生活費。

明哲：那你家人也會擔心。

小瑜：我爸在跑路，我還要照顧我阿嬤。

明哲：你跟前一個輔導老師說，媽媽已經車禍過世。

明哲：……如果有需要，我可以幫你看看有什麼補助。

小瑜：不用。我喜歡花自己賺的錢。

明哲：混夜市不會太危險？

小瑜：我在夜市學到的東西，比學校還多。

明哲：像什麼？

小瑜：學校不敢教的！猜猜看，我主要客人有
　　　誰？

明哲：我不又買胸罩。

小瑜：可是來買的很多是男人！他們其中一半是
　　　想要變成女孩，另外一半是結了婚，想出
　　　來看看妹仔的。我都會趁他們經過的時
　　　候，整理攤子上的胸罩大聲喊，看看喔，
　　　俗擱水（台語），不買沒關係。而且老闆
　　　都要我穿這麼短的短褲上班（在腿上比了
　　　比），幹冬天超冷。

明哲：那你是不是更應該換工作了。

小瑜：怎麼可以，我才剛加薪。有一次收攤，老
　　　闆要我跟他回家，說是要去試一批新到的
　　　內衣，結果你知道怎樣？我騙他我整個路
　　　上有用手機錄音，要去警察局報警，之後

每個月薪水多五千。送！

明哲：這就是你學到的？

小瑜：啊這是不是學校不敢教的！

明哲：好，我今天算重新認識你了，陳珮瑜小姐。

小瑜：但我不認識你。（廣東腔）你是gay嗎你？

明哲：怎麼會講到這裡。

小瑜：看來你是囉，我看人很準。

明哲：這重要嗎？

小瑜：所以在這裡，只有我需要講實話，你是大人，可以不用。

（沉默。兩人對望，彷彿較勁。）

明哲：是。我是個四十五歲的gay。不過我暫時還不需要胸罩。哪天有需要，一定請胸罩女王你幫忙。

小瑜：OK。成本價賣你。你這麼上道，以後我

可以常來。

明哲：你這招沒用。你在這間學校的日子也不久了吧。

小瑜：這樣你很快就可以擺脫我。

明哲：你擔心被轉到其他學校嗎？

小瑜：是有差？去哪裡不都一樣。

明哲：所以你打算轉學後，繼續翹課。就再沒有我去找你了。

小瑜：OK啊。我知道遊戲規則的。他們其實希望我最好不要來學校，這樣大家都輕鬆不是？還會送我畢業證書當感謝狀。我會慢一點變壞，不然人家都會怪學校把我們教好。這樣對他們來說也不公平。因為他們根本什麼也沒教。

（停頓。）

明哲：你原本可以留下來的。

小瑜：幹你耳包！我不是都認了。

明哲：你真的把班長關在廁所裡頭？

小瑜：我道歉認錯啦。那天你不是也聽到了。

明哲：所以你真的做了？

小瑜：都可以算我的，我真的沒差！

明哲：霸凌同學可是會害你留下紀錄，你要想清楚！

小瑜：重點是做這些壞事很適合我，不是嗎？大家都很滿意。你不要不合群，問個不停。

明哲：我是去過班長家。她的確到現在還沒辦法來學校。

小瑜：有我在，她怎麼敢來？幹他媽的！戲演得這麼精彩！偷偷告訴你，她會把香菸藏在薄荷口味的衛生棉裡頭，拿出來都變涼煙。

明哲：她有什麼理由要栽贓你。

小瑜：她忌妒老師對我好。我走，她就可以獨占老師了。

明哲：所以你說毅傑老師對你……

小瑜：這事是我錯。我自己扛。我他媽的一點都不在乎你們把我轉到哪裡去。

（沉默。）

明哲：你知道嗎，每次如果我學生出問題喔，我都會先讓自己停下來，假裝我是他們，看看到底發生了什麼事。

小瑜：有用嗎？

明哲：很有用。

小瑜：那變成我時候，你……你想到什麼？

明哲：我就有點搞不懂……為什麼要去說謊指控一個願意對我好的老師。而且，還挑在自己生日那天？

（小瑜沉默。）

明哲：你討厭毅傑老師？

小瑜：有時候。

明哲：為什麼？

小瑜：不為什麼。

明哲：十六歲生日，你不開心嗎？

小瑜：馬馬虎虎。我爸從監獄裡面被放出來，我怕他偷我錢去買藥，就帶著我的小孩到處散步。瞪屁啊，我的小孩是一條鬥魚，養在鍋子裡面已經快兩年了，牠很聰明，每次我餵牠吃飯的時候，牠都會先逆時針游兩圈，好像在說，媽媽媽媽，我肚子餓了，你趕快餵我。

明哲：那你帶著小孩去哪了？

小瑜：就到處走走。

明哲：校長說，那天晚上毅傑老師和她一起留在學校討論事情。

小瑜：對啊。只有我一個人。我一個人也可以過得很好。

明哲：那你手上那些疤是怎麼回事？

（明哲示意小瑜手臂、手背上那些用指甲掐出的、色澤深淺不一的疤痕。）

小瑜：（撫摸疤痕）這是我寫的日記。

　　　哭的時候，笑的時候，我都用力慶祝。

　　　Balabababa~Im lovin'it

（稍長的停頓。明哲欲言又止。）

明哲：我在你的輔導資料裡頭看到當初登記的地
　　　址，是當初登記用來聯繫你媽媽用的。我
　　　認得那個地址。那個機構，專門收容⋯⋯
　　　愛滋病患者。

小瑜：我聽不懂你在說什麼。

明哲：小瑜

小瑜：我走了。

明哲：我不是故意要把這件事抖出來。

小瑜：操你媽的，我家怎樣，干你屁事！

（小瑜瞪視明哲。）

明哲：我覺得你需要幫助。

小瑜：那不就好棒棒。你還想知道什麼？對我媽
　　　吸毒，是愛滋病患，但我沒事，不用怕，
　　　不會傳染給你！

明哲：我知道愛滋病是什麼。

小瑜：當然，你是個四十五歲的老 gay ！他媽的
　　　以為自己很屌，很有愛心，什麼都知道！
　　　操妳媽的一輩子躲在學校裡不敢出櫃，等
　　　退休，幹你娘機掰！

（停頓。）

明哲：小瑜！有些病，比愛滋嚴重多了。

（停頓。）

明哲：你喜歡你自己嗎？

（兩人對望。燈漸暗。）

第四場

（小瑜提著一小袋水跳著進場繞圈跑跳，嘴裡輕哼著歌。）

（家玲進入輔導室和小瑜對話。）

家玲：你是佩瑜。

小瑜：大家叫我小瑜。

家玲：今天開始，你就要來我們學校念書了。

小瑜：謝謝。

家玲：我知道先前發生了一些事。把他們都忘了，好嗎？

小瑜：我沒關係。

家玲：過完這學年，你就可以順利畢業。

小瑜：謝謝。

家玲：換過好幾間學校。這裡可能是最後可以收

留你的地方。

小瑜：謝謝。

家玲：可以答應我嗎？千萬別跟其他人提起你家
　　　裡的事。

小瑜：我知道。

家玲：這可能會……

小瑜：我會裝得很正常，不用擔心！

家玲：這是為你好。

小瑜：為什麼一定要讀書？

家玲：什麼？

小瑜：為什麼我一定得畢業？

家玲：趕快畢業。以後你就可以做自己想做的事
　　　啦。

小瑜：我現在已經在做自己想做的事。

家玲：長大以後，說不定你有更多想做的事！

小瑜：我才不想長大。才不想變成那些噁心的大
　　　人。

家玲：所以我也是那種噁心的大人嗎？

小瑜：你還好。妳 ok。你只是叫我閉嘴，但沒趕我走。

家玲：有些事，等妳長大以後你就會明白。

小瑜：我阿嬤也這樣說。但她都老到快死了，還是很多事不明白。

家玲：所以現在是阿嬤在照顧你？

小瑜：我照顧她。

家玲：妳一定很辛苦。

小瑜：不，很公平。她老是罵我打我，說我和我媽媽一樣髒，但還是把我養大了。

家玲：接下來會請一位毅傑老師帶你。我現在去找他所以妳等一下。還有你媽媽不在了，有事可以直接來找我。

（校長家玲消失在黑暗裡。）

小瑜：我才不難過。因為我也是媽媽。（湊近看手上的水袋）我養了一隻魚。牠和我一

樣，叫做小瑜。十六歲生日的時候，小瑜
死了。我覺得自己忽然變成六十一歲。原
來長大是這種感覺。

（場上閃爍粼粼水光，彷彿沉浸在水世界裡。）

小瑜：十六歲的時候。小瑜不會動了，浮在水
　　　上，我把牠倒進水溝裡。那是我最後一次
　　　看見牠。但是我用力把牠記住了。

（小瑜去到毅傑的住所。）

毅傑：怎麼全身都濕了？
小瑜：我不喜歡撐傘咩。
毅傑：要是你感冒就知道！

（毅傑拿來毛巾給小瑜擦拭。）

小瑜：我跟你說，前天我考了六十一分！

毅傑：你跑來，就為了說你考了一個不能看的分數。

小瑜：六十一分很高勒。

毅傑：那些題目我們都做過。你應該考三位數。

小瑜：不行！六十一才是質數！

毅傑：所以呢？

小瑜：在這個世界上，質數是獨一無二的存在。它只能被它自己和一整除。

毅傑：對。

小瑜：今天是我生日，十六歲。

毅傑：十六不是質數。

小瑜：要等到六十一歲，我都老了。

毅傑：如果你只考十六分，我一定會揍你。

小瑜：所以你忘了。我有傳簡訊給你。

毅傑：我不是有回，說會在家。

小瑜：所以呢？

毅傑：生日快樂！

小瑜：送我一個禮物！

毅傑：好啊！你想要什麼？

小瑜：你可以喜歡我嗎？

（停頓。）

毅傑：我去泡個熱茶給你喝，不然你等下要感冒了。

（毅傑轉身要走，卻被小瑜抱住。）

小瑜：只要一下下就好。你可以用力把我記住嗎？

第五場

（小瑜將毛巾披在肩上擦頭髮）

明哲：這麼好奇。

毅傑：我還沒進來過諮商室。

明哲：這裡原本是倉庫，放教科書。

毅傑：看得出來。跟一般不大一樣。

明哲：再加個小鐵門，就是關我的監獄了。

毅傑：我前兩天回了趟老家，鳳梨酥。

明哲：這麼客氣，謝謝！

毅傑：最近忙嗎？

明哲：不忙，所以才請你來探監啊。

毅傑：小瑜狀況怎樣？

明哲：她固定會來看我。校長希望我好好看著
　　　她，免得再惹麻煩。

毅傑：希望能順利找到適合她的新學校。

明哲：快了。最近應該就會有著落。你呢？

毅傑：我？

明哲：聽說，你是去年來這裡的。如果想考上正式老師，怎麼不待在大學校呢。

毅傑：我在市區學校代課兩年。一切都很順利。我以為十拿九穩。

明哲：怎麼了？

毅傑：一個女孩子。轉學生。媽媽是外籍配偶。家境不太好，我免費幫她補數學。很聰明的孩子，進步非常快。後來有人說看到我和女學生，兩個人放學後單獨待在教室裡。

明哲：然後呢……？

毅傑：然後，另外一個代課老師後來考上了。那女孩子後來考壞了。跑去念美容美髮，就沒有再念書了。

毅傑：所以你就離開了？

明哲：沒有人逼我，我自己走的。這件事讓我上
　　　了一課。

（停頓。）

明哲：現在你對小瑜這麼好，結果她也反咬你一
　　　口。

（明哲望著毅傑。）

毅傑：是我沒有拿捏好老師和學生的相處方式。
　　　讓她誤會了。

明哲：校長說，你是清白的。是小瑜忌妒你對其
　　　他同學比較好，所以才撒謊。

毅傑：事情爆發之後，我還請假在家好好反省了
　　　一下。

毅傑：小瑜後來有跑來找我⋯⋯但我覺得，我們
　　　不太適合再私下見面。所以我就⋯⋯

明哲：我瞭解。

毅傑：李老師，你對學生很有一套。上個輔導老
　　　師完全受不了小瑜。

明哲：我們的確聊得蠻來。

毅傑：怎麼辦到的？

明哲：我們有些……共通的地方。你可以跟我聊
　　　聊小瑜嗎？我要做點紀錄，好轉給新學校。

（明哲坐下拿起錄音筆。）

毅傑：要是說得不清楚，會不會反而讓你添麻
　　　煩。

明哲：別擔心，只是參考用。

明哲：（打開錄音筆把電池丟掉）這是拿來記錄同
　　　學跟我的談話。

毅傑：小瑜講話口氣好嗎？

明哲：每次都得準備兩大杯漱口水。

毅傑：你們聊些什麼？

明哲：什麼都聊。

（小瑜從暗處走出，彷彿是某次前來諮商室。）

小瑜：我來了。（拿錄音筆）今天我要變成好孩
　　　子。

明哲：這工程可大了。

小瑜：（哼一段不可能任務的經典配樂）嗶嗶嗶，
　　　等一下就會爆炸了，快撤！

明哲：所以我們現在是在……不可能的任務嗎？

小瑜：你跟上了。+5，good！

明哲：我不是湯姆克魯斯。

小瑜：當然。你是他爸爸。

明哲：再對我再這樣沒大沒小，你就完蛋了。

小瑜：（打開發現裡頭沒有電池）（台）幹你這變
　　　態！（國）要錄我音也沒裝電池，下次我
　　　買幾顆電池送你，好讓你回家可以繼續聽
　　　我怎樣對你沒大沒小。

明哲：我的腦袋比這東西好。你說的，全記在這裡。

小瑜：那你放這個幹嘛？

明哲：提醒我自己。多聽一點，少說話。

小瑜：今天要我分享什麼，讓你做記錄。

明哲：我們已經知道你喜歡看動物星球頻道。家裡第四台是偷接鄰居家的。

那我們今天就來聊聊毅傑老師，他上課怎麼樣？

（停頓。）

毅傑：那我們從哪開始？

明哲：上課吧！這裡的同學喜歡上數學課嗎？

毅傑：老實說，我上課他們都不怎麼理我。

明哲：小瑜呢？

毅傑：很專心，但常常一臉疑惑的樣子。

小瑜：上課的時候，我都故意裝聽不懂。

明哲：她成績好嗎？

毅傑：有待加強。

小瑜：考試我都是故意考差的。

明哲：為什麼？

毅傑：我也不懂。上課的時候，她明明都很認真
的看著黑板。

小瑜：我只是喜歡盯著數學老師看。

明哲：你找她談過嗎？

毅傑：有啊！當然有，但我都盡量用鼓勵的方
式。

小瑜：數學哪裡難？我在夜市都用心算。

毅傑：上課的時候，我會點她回答問題。

小瑜：但老師從來不罵我。

毅傑：我會問大家說：「這個公式上禮拜有教
過，大家有印象嗎？」

小瑜：不管他問什麼，我都會舉手。

毅傑：常常整個教室一片安靜。

小瑜：教室很安靜的時候，好像就只剩下我們兩
個。

毅傑：只有小瑜會回答我的問題。

小瑜：他是唯一一個會聽我講話的老師。

毅傑：小瑜她真的是一個很特別的孩子。

明哲：媽媽生病的事，對她影響很大。我看到你去做家訪的紀錄。那個地址。

毅傑：那個地址……我去家訪的時候，她媽媽已經不在那裡。我答應校長，這件事情不會告訴其他人。

明哲：我覺得小瑜是很感謝你的。

（停頓。）

小瑜：每天晚上上班前，我會偷偷跑到老師家樓下，看看他們家窗戶，是不是亮的……只要是亮的，我就會很安心。

明哲：你很喜歡毅傑老師？

小瑜：嘿呀。怎麼樣？

明哲：那為什麼說老師把你帶去他家？

小瑜：我瘋了。就是這樣。

明哲：不是說，在這裡要對自己誠實。

小瑜：你怕嗎？

明哲：怕什麼？

小瑜：剩下自己一個人。

明哲：我怕啊。我整天都在想這個事……

小瑜：媽媽發病以後，就不跟我見面了。

明哲：小瑜。對媽媽來說那才是最難的。

（停頓。）

明哲：小瑜先前指控你對她有身體接觸。就在她
　　　生日的那一天。

毅傑：我也搞不懂她為什麼要說這種謊。

明哲：反正也不重要了，不是嗎？

毅傑：對啊！換個環境，說不定她可以重新開始。

明哲：她一直都沒告訴我生日那天晚上她到底去
　　　哪裡。過完十六歲生日，她好像突然長大

了，然後寫了一份非常周全的悔過書，一
點破綻也沒有。

明哲：這上面寫的是真的嗎？

小瑜：重要嗎？

明哲：對我來說是。

小瑜：（不看悔過書，背出其內容）……我辜負
　　　毅傑老師對我的付出，內心感到非常慚
　　　愧。我不值得老師對我這麼好……因為我
　　　指控老師對我做的每一件事，說的每一句
　　　話，都是假的……

明哲：你把手機裡頭的簡訊全刪光了，只留下你
　　　傳給毅傑老師的那則。

小瑜：……

明哲：誰教你的？

小瑜：……

明哲：你不知道自己在做什麼。

（停頓。明哲凝望坐在椅子上倔強沉默的小瑜。）

小瑜：我就是喜歡一個人喜歡到發瘋啊……我就
　　　是沒人愛，你懂什麼？

（小瑜離場。）
（明哲慢慢轉頭，迎向毅傑的目光。）

毅傑：我和校長在辦公室……
明哲：我很確定，校長那天不在學校……所以你
　　　其實是和小瑜待在一起吧！
毅傑：李老師，我想你應該是誤會了。
明哲：你覺得我對的機率有多少？

（毅傑望著明哲。）

第六場

（毅傑站在場上，一束光照出他的影子。）

（影子頂端，放置了一張空蕩椅子。）

毅傑：第一次看到小瑜時，她吊兒啷噹地坐在教室裡。轉學生。與其他人格格不入。沒有任何一個老師喜歡她，就連她也放棄了自己。看著小瑜，我的腦袋裡忽然想起很多事情。像是那個女孩。那個後來沒再念書的女孩。後來當我知道小瑜媽媽生病的事。我便又開始主動幫她在放學後補數學。她是個聰明的孩子。進步非常快。就只差那麼一點了。我知道她有這個能力，可以改變自己的一生。

（走到小瑜後面，摸她頭。）

（小瑜寫了一下練習簿，望向毅傑。）

小瑜：這題好難。

毅傑：那題我們做了八次了。

小瑜：哪有。

毅傑：有。

小瑜：如果小瑜和班長一起掉到水裡，你會先救誰？

毅傑：小瑜和班長沒事去河邊做什麼？

小瑜：那小瑜和校長？

毅傑：校長不會跑去河邊。

小瑜：那你和我呢？

毅傑：我都已經掉到水裡了，怎麼救你？

小瑜：你如果救了我，我下次就會考一百給你看。

毅傑：想考一百。你就只能自己救自己。

小瑜：讀完這年，我就可以畢業了。

毅傑：還有高中。

小瑜：天啊，還有高中。

毅傑：你可以的。高中、大學、第一份工作。只
　　　要你再努力一點。就只差那麼一點點了。

（小瑜消失在黑暗中。）

毅傑：我不知道，事情怎麼會突然跑到另一個方
　　　向去。事情發生得太快。
我還來不及想，怎麼會變成這樣。
毅傑：我們現在不適合單獨相處。
小瑜：我……對不起，我不曉得那麼嚴重。
毅傑：這個案子已經在跑了。
小瑜：我有要那個輔導老師不要……
毅傑：現在只能看學校怎麼處理！
小瑜：對不起，對不起，那個晚上，是我……
毅傑：那個晚上我們沒見面，對吧？
小瑜：什麼意思？
毅傑：那個晚上我們沒有見面，對吧？
小瑜：你在說什麼？幹妳娘！你公三小？公三小？

（毅傑抱住激動的小瑜安撫她，直到小瑜停止動作。）

毅傑：如果我們有見面。我就會被調走，我就沒
　　　有辦法再當老師。而且我們就不能再連絡
　　　了。懂嗎？

（停頓。）

小瑜：我知道了。我知道……

（小瑜離去，消失在黑暗裡。）

毅傑：就差那麼一點了。我想起那個後來沒有再
　　　念書的女孩，消失在茫茫人海裡。但這
　　　次，我只能救我自己。

（燈漸暗。）

第七場

（明哲的宿舍。明哲和家玲之間，氣氛冷淡而緊張。）

家玲：那些電子郵件是誰轉寄的？

明哲：我不知道。

家玲：你到底什麼時候對我坦白？

明哲：你看了新聞，不是已經都知道了。

家玲：所以文凱去住院不是因為肺炎，是因為愛滋病。

明哲：對。

家玲：那吸毒呢？

明哲：對。

（停頓。）

家玲：對新聞記者爆料的護士說，發病的代課老師有個男朋友，也被感染了。

明哲：對。

家玲：那現在你打算怎麼樣啊……

明哲：不怎麼樣啊。死很容易，活比較難。

家玲：那些記者像發了瘋一樣守在阿凱以前教書的學校門口。

明哲：醫院不該洩漏阿凱生病的事。

家玲：那個在醫院當護士的家長，現在跟英雄一樣。你想這代表什麼？學校已經開始專案調查阿凱以前教書的班級和學生。還把阿凱用過的電腦交給警方，要調查他有沒有和誰……

明哲：要調查他有沒有和別人上床、惡意散布愛滋病，還是對學生下手。

家玲：事情不會到此為止。一堆教育團體跳出來。加上媒體和警察，即使阿凱死了，他們還是會窮追猛打。現在阿凱媽媽被逼得躲在家

裡，不敢出門，你有想過她是什麼心情？

明哲：學校老早就知道阿凱出事。只是終於記者
　　　被發現，藏不住了。

家玲：所以他們那麼快就讓你走……

明哲：他們要我什麼也不准講。

家玲：怎麼會搞到這地步？我是說你們兩個關係
　　　不是很單純很穩固嗎……你們……

明哲：我們分手了。阿凱被送到醫院的時候，寫
　　　了我當緊急連絡人。我才發現。

家玲：那怎麼會治不好？不是說只要按時吃藥就
　　　可以安全控制。

明哲：他沒說啊。所以醫生一直以為是一般肺炎。

家玲：連你也沒有說？

明哲：有天醫生暗示我，說可能是肺囊蟲引起的
　　　特殊症狀，我才懂。

家玲：他不僅害了他自己，結果連你都得病了。

明哲：我們早就走不下去。阿凱很不快樂。是我
　　　害了他。

家玲：我們有誰是快樂的？

（停頓。）

家玲：我一早接到了局裡跟督學的電話，吩咐我們千萬繃緊神經，別再出亂子。下午就有人把阿凱新聞的連結，轉寄給全校所有老師和家長。

明哲：我不知道是誰做的。

家玲：再有什麼傳出去，事情會沒辦法收拾。

明哲：你想記者，多久會找到這裡？

家玲：我不會讓你曝光。

明哲：所以現在我和小瑜一樣變成你的麻煩了。

家玲：你怎麼會這麼說？

明哲：你也要把我藏起來，或是趕走嗎？

家玲：不要這樣對我講話！小瑜的媽媽生病的事情被發現，所有家長威脅要轉班，沒有一個學校敢收她的時候，是我把她接來這裡！

明哲：現在呢？

家玲：離開這裡是為了保護她不受傷害。

明哲：憑什麼要她走？

家玲：我只想讓她好好把書念完。

明哲：然後呢？

家玲：你到底要我怎樣？

明哲：你難道沒看到她手臂上那些疤痕？那是她在
　　　求救。她不是壞孩子。她只是……很孤單。

家玲：我盡力了，好嗎？

明哲：但她還是必須離開這間學校，對不對？

家玲：對。

明哲：所以你選擇替毅傑老師作假證。

家玲：你在胡說什麼？

明哲：你那天晚上根本不在學校。

（兩人沉默。家玲望著明哲。）

明哲：不要騙我。我會瞧不起你的。

家玲：小瑜家裡的事，還有她跟毅傑老師的事。
　　　我沒有太多選擇。

明哲：所以你選擇犧牲小瑜！

家玲：我不能讓這間學校被收起來。沒了這間學
　　　校。那些家裡環境不好的孩子，會被趕到
　　　更遠的地方去！

明哲：犧牲了她，也可以順便救你自己。

家玲：記得我跟你講過的妥協嗎？以前的我當然
　　　可以拚到底，但現在我發現，不管我怎麼
　　　拚到底，最終我能做的就那麼少。

（停頓。）

家玲：剛剛來這裡以前，我跟局裡的承辦科長打
　　　過電話。他們會想辦法把你轉到中南部的
　　　學校去。先等事情過去。

明哲：……所以時間真是會改變一個人。

（停頓。）

明哲：為什麼我會知道那天妳不在學校？秀芬跟
　　　我講電話時說，阿國學長自殺前幾分鐘，
　　　曾經打過電話給你，但你沒有接。然後檢
　　　察官找你去問話，就在小瑜生日那天晚上。

（家玲望著明哲。）

明哲：你有沒有想過，也許阿國學長他其實……
家玲：我們已經都有自己的生活。他結了婚，是
　　　別人的丈夫……我們之間其實沒什麼好
　　　說。即使我接了他的電話好了，也改變不
　　　了什麼。
明哲：你說的對。現在你只剩下這間學校，什麼
　　　都沒有了。
家玲：老頭，我這麼做，不只是為了你，也是為了
　　　你媽媽。你有沒有想過阿凱媽媽現在是什

麼處境。

明哲：你知道嗎？確認我自己也感染了那天。不
　　　敢馬上回病房去看阿凱。走在路上，我腦
　　　袋好亂，一直在想，為什麼是我？很氣，
　　　氣到一直發抖。我想說，待會過馬路的時
　　　候，我要繼續走。然後會有一輛車開過
　　　來，把我輾過去，多好，一切就沒事了。
　　　然後我突然想到，剛才在醫院做篩檢時，
　　　那個醫護人員，問到我和阿凱。我說，他
　　　是我男朋友，這是我第一次敢對陌生人承
　　　認我們的關係。那個醫檢師拍拍我，他
　　　說，我想阿凱現在一定很需要你哦。
　　　我站在那個路口，一直哭。發現原來我也
　　　很需要被理解、被支持，知道自己值得被
　　　愛。我已經躲了一輩子。不管當個同志，
　　　還是愛滋感染者。我不要再躲了。

（燈漸暗。）

第八場

（家玲坐在一張椅子上。）

（傳來手機語音的聲音，接著阿國留言聲傳來。）

阿國OS：家玲。我是文國。好久不見。最近不
忙的話，想見你一面。就約在以前我們念
書常去的那個小公園。

（傳來電話答錄機語音結束的聲響。靜默。）

家玲：再見面的時候，阿國瘦了很多，臉上多
了皺紋，頭髮也灰白了，看上去很累。
十年沒有見了。他看著我，笑笑問我
說，胃痛的老毛病好些了嗎？我沒告訴
他，聽到他留言的時候，我的胃痛就已

經開始發作了。

我們一起待在小公園裡，天色漸漸變暗。好像昨天才剛剛考上校長一樣，高興地聊個沒完。然後阿國手機響了。他邊接電話，邊跟我道歉。講電話的時候，他的聲音好溫柔。對秀芬說，等等就回去了。

講完電話，阿國轉過身來的時候，我已經站了起來。我本來想問他，要不要再去吃點什麼。嘴巴說出來的話卻是，以後還是不要見面好了。

他沒有生氣，或難過，只是笑了笑，抱歉地點點頭。從來沒有想到過，這竟然就是我們這輩子最後一次見面了。

(家玲撥出手機，場上傳來電話另一頭的秀芬聲音。)

秀芬OS：喂，你好，請問找誰？

家玲：秀芬，我是家玲。

（停頓。）

秀芬OS：喔……怎麼了嗎？

家玲：我剛剛去地檢署見了檢察官。他們問起文
　　　國手機的通訊紀錄。我也不知道為什麼他
　　　會打給我。

秀芬OS：有。有喔。他們有告訴我這件事。

家玲：其實……我們平常是不會私下聯絡的。

秀芬OS：怎麼突然提這個？

家玲：沒有。怕你多想。

秀芬OS：嗯。我知道了。

家玲：……那……你多保重……

（家玲準備掛上電話時，秀芬聲音又傳來。）

秀芬OS：文國有跟你說，我們離婚了嗎？有一

段時間了。

（停頓。）

家玲：他沒有說耶。

秀芬OS：我一直叫他找妳出來走走。不知道他
　　　　做了沒。

家玲：我們是見過一次面。

秀芬OS：日子過好快。家玲。

家玲：是呀⋯⋯

秀芬OS：照顧自己。

家玲：好。

（家玲掛上電話。）

家玲：掛上電話的時候，我好想打給某人講講
　　　話。突然間我想起了老頭。想聽到他的聲
　　　音。我想聽他跟我講講，我們年輕時一起

做過的事。

（燈漸暗。）

第九場

（明哲前往諮商室的路上。小瑜突然在走廊出現，擋住他。）

明哲：你在這裡幹嘛？

小瑜：你等一下要和誰見面？

明哲：誰叫你來的？（停頓）你找毅傑老師要做
　　　什麼？

小瑜：我已經答應要走了。事情就到這，好不
　　　好？

明哲：我不會讓你走的。

小瑜：禍是我闖的，我自己扛。

明哲：你以為自己很聰明，把所有東西都往自己
　　　身上丟就好啦。

小瑜：你會害毅傑老師以後會沒辦法教書！

明哲：那你呢？

小瑜：我沒關係啊，看你們要我去哪！

明哲：揹著霸凌同學、汙衊老師的紀錄，你能去
　　　哪？

小瑜：那我就不要念了！

明哲：你可以不要念，你可以去做任何你想做的
　　　事！但不是像現在這樣！

小瑜：去你媽的，你以為你誰啊！連我爸媽都不
　　　管我了！

明哲：現在讓你走，就更沒有人可以幫你。

小瑜：我不需要！拜託拜託……這件事情我自己
　　　來就好了……

明哲：所以你打算要繼續躲在夜市裡賣東西。

小瑜：要不然繼續待在學校，被欺負被霸凌嗎？
　　　我也會累！

明哲：為了毅傑老師做到這樣，值得嗎？

小瑜：我喜歡他。

明哲：就算他是在利用你？

小瑜：假的也好，騙我也好，我只是希望有人可
　　　以愛我！

明哲：愛？妳懂什麼是愛？

小瑜：去你他媽的，你少在那裡取笑我！

明哲：一定有其他人可以理解你的。

小瑜：你嗎？要不是因為你也生病了，不然你早
　　　就一腳把我踢開。

（停頓。）

明哲：對啊。我現在正要一腳把你踢開。

（明哲準備離去。）

小瑜：不要逼我！我知道你的那些祕密，我……

明哲：（頓，想）是你轉寄那些新聞連結……

小瑜：新聞……對！

明哲：（笑）那就好。那就沒什麼好怕的了。

（小瑜疑惑，還沒反應過來時，明哲已離去。）

（明哲來到諮商室，毅傑已等在裡頭。）

明哲：路上耽擱了。

毅傑：李老師，我想我們有很多誤會。

明哲：現在沒有了。今天是來解決事情。

毅傑：我不明白。

明哲：你應該要的。

毅傑：為什麼要緊抓著我不放？

明哲：是你緊抓著小瑜不放。

毅傑：我不是個壞人。

明哲：我相信。

毅傑：我是真心想對小瑜好。

明哲：我相信。我也希望這是我們最後一次在這
　　　裡見面。

毅傑：你要我怎麼做？

明哲：傍晚有校務會議。你坦承一切。讓小瑜留
　　　下來。

毅傑：如果說出來，我就翻不了身！

明哲：說出來，也許你可以重新開始。

毅傑：我可以負擔小瑜的生活費，讓她能夠繼續
　　　念書！

明哲：你覺得她需要的是這個嗎！

毅傑：你不要逼我。

明哲：我沒有啊。

毅傑：為什麼就不能讓這件事過去！

明哲：你不會希望是我去告發你，這樣對你更沒
　　　好處。

毅傑：你沒有證據。

明哲：我是沒有。

毅傑：小瑜會替我講話的。

明哲：我相信她會。

毅傑：誰會相信你？

明哲：所有人！

毅傑：你不要忘記所有人都覺得我們一樣危險。
　　　那些新聞……

明哲：所以電子郵件是你轉寄的……

毅傑：已經有些家長在竊竊私語了。那些謠言會比你想像得還要恐怖的多很多。我很清楚。

明哲：也許吧。

毅傑：你和電視上那個死掉的愛滋老師有關，對不對！看新聞我就猜到了！

明哲：你威脅不了我。

毅傑：我只是覺得你是最能瞭解我處境的人。

明哲：不，我不能。

毅傑：我的處境就跟你的那個朋友一樣。

明哲：你們不一樣。阿凱選擇面對自己，你卻逃開了。

毅傑：那你呢？

（停頓。明哲望著毅傑。）

明哲：就像小瑜說的，我也是那種該死的大人。

愛找藉口，不敢面對自己的軟弱。

（燈漸暗。）

第十場

（明哲走進醫院病房，見到文凱穿著病人服裝，在桌旁坐著。）

（文凱看上去稍微有精神些，仍是一臉病弱。）

文凱：為什麼不接手機？

明哲：喔⋯⋯沒電了。

文凱：你離開那麼久，我以為⋯⋯

明哲：只是去走走。

文凱：有個護士說你去做篩檢。

明哲：對啊。

文凱：怎樣？他們不肯告訴我。

明哲：⋯⋯沒事。

文凱：（看上去快要哭）太好了。

明哲：傻瓜。

文凱：那些護士都不太敢靠近我。

明哲：她們只是比較謹慎。

文凱：我今天看報紙，說有一個愛滋寶寶要上課，可是被其他家長排擠，最後只能轉走。

明哲：還看什麼報紙，你快來躺下啦。

文凱：我已經躺一整天了。

明哲：肺部還痛嗎？

文凱：一點點……不知道為什麼，我一直想到那個小孩。

明哲：反正你又不會教到他。

文凱：但是有可能是你啊。如果你真的教到他，到時候你就可以跟她說，嘿，我有個朋友是愛滋病患。我不怕。

明哲：遇到的話，我一定介紹給你認識。護士說抗生素已經發揮效果。再多休息幾天，很快就可以出院了。

（文凱躺在明哲腿上，沉默。）

文凱：好久都沒有聽到你早上煎蛋的聲音。

明哲：你現在還不能吃蛋。

文凱：……欸，我出院之後，就不會再麻煩你了
　　　啦。

（停頓。）

明哲：可是家裡的MOD才剛續約。我一口氣繳
　　　了三年的錢。你訂的頻道我又不看。怎麼
　　　辦？

文凱：什麼爛理由！

（停頓。）

明哲：結婚吧。

文凱：誰？

明哲：我們結婚吧！

文凱：什麼？

明哲：就那五個字啊！

文凱：吼唷，什麼啦！什麼爛求婚啊！

明哲：你這輩子就這一次了！

文凱：你又知道？

明哲：回家你就有一堆頻道可以轉來轉去。

文凱：結什麼婚啊，又沒有人承認！

明哲：我承認啊！

文凱：你是誰？

明哲：我是誰？我就是被你糟蹋這麼久的人，你現在想不賴掉不認帳是不是！

文凱：真的好久喔。老頭，過了今年聖誕節就要滿十六年了！

明哲：可以辦四次奧運。

文凱：好老。

明哲：你會繼續老下去的！我們可以……重新開始。

（照在文凱身上的燈光開始一點點變暗。）

明哲：阿凱，我們的時代好快就過去了。你還記得那幾年我們去 Funky，超熱鬧的，連呼吸都要貼著別人。放著劉文正、崔苔菁的歌曲，跳復古恰恰。我們還那麼年輕。你混在人堆裡頭，笑得好開心，一點煩惱都沒有。

（文凱身上的燈光更暗了些。）

明哲：可惜我們沒有更多時間，去度過更多奧運！醫生說你肺部組織被破壞得太嚴重，給你做了氣切。X 光片上，你肺部是一片白色。我想到東京愛情故事最後一集裡頭的雪景。最後一集了。阿凱，你睡著了嗎？

（文凱幾乎隱沒在黑暗裡。）

明哲：你還記得我們認識那天，你在唱的那首

BobDylan 的老歌，你還說以後想跑去當
民謠歌手。

（輕聲唱起）

Oh, where have you been, my blue-eyed son？
我老忘了下一句怎麼唱了。

（黑暗裡傳來文凱輕聲唱著" A Hard Rain's A-Gonna
Fall"。）

明哲：阿凱，你睡著了噢？插管前，你用手腕輕
　　　輕碰了碰我的臉。我知道你要說什麼。我
　　　能聽見你心裡的話。我愛你。也會努力愛
　　　我自己。

（燈漸暗。）

第十一場

（小瑜獨自一人安靜在諮商室裡坐著，凝望桌面，出神。）

（家玲姍姍來遲，見到小瑜，停下，若有所思。）

（小瑜見到校長，起身。）

家玲：要處理的事情很多，一時走不開。

（兩人在桌旁坐下。家玲望著小瑜。）

小瑜：……明哲老師呢？他去哪裡了

家玲：他已經離開了。

小瑜：為什麼他要離開？

家玲：這是他的選擇。他選擇坦然面對，不想再
　　　隱藏了，所以他公開自己的身分。

小瑜：為什麼公開自己的身分就要離開？你都有辦法把我留下來，為什麼他不行？

家玲：因為大家不知道你媽媽的事，但是他呢？你覺得學校的老師、同學、學生家長會怎麼想？他們會讓他留下來嘛？

小瑜：……

家玲：還有毅傑老師也會離開，他是個聰明人，我們已經說好了，這件事情就到此為止，你聽懂了嗎？

小瑜：我真的不懂你們這些大人到底在幹嘛！為什麼要把事情弄得這麼複雜？

家玲：你就好好的在這裡把書念完就好。

小瑜：我不念了，我本來就不想念！

家玲：這是我們唯一能替明哲做的事，這也是明哲的請求。他說過很高興，可以在這裡遇到你。尤其在他生病以後。

（停頓。家玲望向諮商室四處。）

家玲：明年這間學校就會全部拆掉了。到頭來，我還是沒有能夠留住它。但就像明哲一樣，我也應該要勇敢面對事實。或許我們都可以重新開始。

（家玲拿出一支錄音筆，交給小瑜。）

家玲：這是明哲留給你的。

（家玲離去。）
（小瑜望著錄音筆，猶豫，按下開關，傳來明哲的聲音。）

明哲OS：小瑜。聽到這段話的時候，一切應該已經塵埃落定了。你大概會想，怎麼老人家，都這麼愛碎碎念。一直沒機會告訴你……

（明哲從暗處走出，在桌旁坐下，像是正在錄著音。）

明哲：我很高興能夠遇見你。我相信，你會繼續
　　　往前走。難過、孤單的時候，聽聽心裡的
　　　話，它會告訴你，該往何處去。

（燈光漸暗，乃至全黑，然明哲的聲音仍穿透夜幕而來。）

明哲：為了你，我特地回頭去翻數學課本。書上
　　　說，世界上有無限多個質數，有些找得
　　　到，更多是我們沒有發現。每個獨一無二
　　　的質數，除了自己，就只能被1整除。希
　　　望你能成為那個「1」。雖然它那麼小，
　　　那麼不起眼，卻能被所有孤獨的人擁抱。

（明哲話語漸歇，僅剩喑啞的雜音隱隱作響，終至寂靜。）

——劇終——

首演資訊與製作團隊

《愛滋味》Taste of Love

二〇一五年十二月十七日至十二月二十日,共五場,

台北水源劇場,創作社劇團。

導演 楊景翔

編劇 詹傑

主演 林如萍、安原良、余佩真、黃俊傑

燈光設計 黃諾行

音樂設計 王榆鈞

服裝設計 李育昇

舞台設計 謝均安

特別收錄─愛滋感染者相關文章
我是愛滋感染者
文／Winter（熱線教育、接線、愛滋小組義工）

　　我是Winter，我身上有許多汙名貼紙，娘娘腔、死人妖、不男不女、愛亂搞……等。我也要說，我花了好多年的時間才能站在這裡跟大家說一件事，有些朋友知道有些朋友不知道的事，就是我是愛滋感染者。

　　愛滋感染這件事讓我從一個別人眼中好寶寶的身分，一夕之間成為千夫所指的對象，讓我憶起小時候我的家人看著電視機指著電視裡的愛滋感染者罵變態、噁心。我不知道為什麼我們整個社會國家對一個生病的人會這樣嚴厲指責，我只知道因為愛滋好像我的整個人生似乎都變成一件可恥的事。

　　我今年三十幾歲，在我成長的年代，學校裡教導大家愛滋很可怕，這應該是許多人回想愛滋

教育時的一個重要記憶，但是當你仔細去問他愛滋哪裡可怕愛滋相關知識時，許多人卻一知半解、說不清楚、答不出來更錯誤滿天。我們用恐嚇方式教育愛滋，卻也讓這些人變成了無知。

看看我們的社會過去是如何面對愛滋，只要感染者犯錯，馬上變成媒體頭條報導，所有隱私人權都不再、謠言流語滿天飛，成了全民的公敵。可是當感染者權益受損時，往往因為害怕曝光只能獨自面對，又可能在相關單位處理不周時，讓當事人再次地受到傷害，讓感染者有學校不能念，有才能卻不能工作。而又有多少感染者有能力去面對這一切不公不義的對待，又有多少感染者有勇氣去抵抗整個社會貼上的歧視汙名。

我要說，我是愛滋感染者，我是你的鄰居、同學、你的好友、你的親戚、你的家人，也曾是暗戀過你的人、跟你告白過的人、與你交往過的人、上過床的人；也有可能你現在的鄰居、同學、好友、親戚、家人與暗戀的、喜歡的、交往

的、上床的對象是愛滋感染者。當你拒絕愛滋感染者時可能也拒絕掉了這些人。

你追求的愛我也需要，你欲望的性我也想要，你渴求的溫暖我也想擁有。

我希望有一天，愛滋感染者可以像現在的同志大遊行一樣，能夠不畏懼世人的眼光站出來；我希望有一天，讓疾病歸於疾病，不再對愛滋有任何道德的指責與控訴。

我是Winter，我是愛滋感染者，謝謝大家。

特別收錄—愛滋感染者相關文章

給最愛的你

文／小丘

阿米：

　　還記得幾年前，在電話中你告訴我最近常常拉肚子，並且腳有點一跛一跛的，好像身體有些狀況，我提醒你該去醫院檢查一下。但還沒到門診日的某個晚上，你就在家裡跌倒，腳完全無力，沒有辦法自行解尿，我們才發現事態嚴重。我立刻排開手邊的工作，趕往你家，並且跟你家人表明我會陪你到醫院掛急診。心中第一次有種可能會失去你的危機感，我只能告訴自己要鎮定，才能穩定的陪你一起走過後續的不確定的住院與復原的過程。在急診檢查病留觀一陣子後，幸運排到空病房，就陪你住進了病房。

　　照了核磁共振確定是脊髓感染造成，但醫生覺得脊髓感染並不單純，所以在徵得你的同意

後，加驗了HIV，結果出來是陽性，而且免疫力狀況很不好。我和你都有用保險套，你也說你不記得什麼時候有過危險性行為，對於陽性的結果，我們都很訝異。知道結果的當晚，在病房的我們抱著、也哭了，我啜泣著對你說：「我覺得自己沒把你照顧好。」你流著淚安慰我：「我自己的身體也不是你一個人的責任啊。」

　　住院的過程中還算順利，醫院的人員也對我們十分友善，我猜或許是愛滋指定醫院的關係吧。還記得第一次醫師來解釋病情的時候，醫生看著我問你我是誰時，你告訴他可以直接在我面前解說所有的病情，醫生很平穩的告知我們現在的狀況與注意事項，沒有任何的異狀。個管師也很關心你的狀況，有新的狀況就會跑來病房告訴我們兩人，並且一直說你好轉的速度比預期快很多喔！病房有個原住民護理師，在看著我們兩個人好幾天後，用她大大的眼睛看著我，隨口問我跟你的關係是什麼，當我說我們是伴侶的時候，

她豎起大拇指，用原住民腔對我們說：「你們這樣子互相照顧，很棒！」我們兩個都害羞的笑了。

有一次因為工作需要，我只好放你自己在房間半天。晚上我帶著晚餐回去，你面有難色的告訴我說，你已經解便在尿布上一陣子了，我馬上帶著你去廁所清洗，換上乾淨的尿布與褲子。當下我有些自責，覺得自己沒離開你身邊，愛乾淨的你就不用這樣困窘又不舒服度過大半個下午。你告訴我：「我一直在等你回來，幸好你晚上就回來了，我沒有等太久。」

還有次半夜你要上廁所，你把我搖醒，我們手忙腳亂的到浴室解便跟清潔，在幫你清洗的時候，我因為起床氣臉很臭。在怒氣消了後，我握著你的手跟你說對不起。你沒多說什麼，只是摸著我的臉說：「是我讓你麻煩了。」讓我羞愧的想挖個地洞埋了自己。

剛住院的時候，你無法自行走動、排尿與排

便，主要是我協助你住院時的生活起居。你總說覺得住院那段時間讓我很辛苦。但你知道嗎？其實，那段日子能陪著你一起在醫院，是分居兩地的我們，難得有長時間相處的時光。買你愛吃的水餃，一起躺著看電視，一有便意就趕快推著輪椅或扶著你去上廁所，幫你清潔、洗澡，每天消毒導尿管兩次，換尿布，推著輪椅去醫院廣場曬太陽，每次晚上病床簾子拉上，可以自在躺在旁邊的陪病床、牽著你的手睡覺，並且能夠親眼看著你慢慢一點一點好起來，從只能坐輪椅、到可以扶著我走路、可以自己靠著輔具移動，經歷這一切的一切，我心裡的感覺大部分都是溫暖的。

你是知道的吧！我好愛好愛你，就像你好愛好愛我一樣。當你知道我是感染者時，你對我也沒有任何責難或不滿，雖然交往過程也有焦慮與大小摩擦，但我們還是一直走了下來。這幾年你寧靜的陪伴是我心中的錨，讓我不會不安的漂流。一直以來你都是我生命中的太陽，我才有足

夠的能力成為照亮你這段生命黑夜的月光，在那段時間輕柔擁抱你。

　　我愛你，全部，全部。如同當初你愛我一般。

　　　　　　　　小丘 二〇一七年十二月一日

特別收錄—愛滋感染者相關文章

接觸資源是靠攏的開始——葉媽媽

訪談、撰寫／村仔、Jac

※ 本文收錄於台灣同志諮詢熱線協會出版之《櫃後人生—十二位同志父母的心情故事》。

　　站在人來人往的火車站前，搜尋著葉媽媽的身影，沒多久就認出來了。之前好幾次的同志父母聚會裡，都會看見她參與其中，但印象最深的，還是第一次見到葉媽媽的時候。那是個同志父母一起出遊的活動，葉媽媽聆聽著其他父母的故事。當時的她，已經可以坦然接受自己孩子的同志性向，並侃侃而談她的心路歷程，然而當孩子和她出櫃時，她其實也跟大多數同志父母一樣，無法承受。

從前

　　「他真的很乖，連房間都整理得很乾淨。」

葉媽媽對兒子的信任其來有自，孩子從小到大都非常懂事，很少讓父母操心。談到兒子，葉媽媽還是難掩驕傲，兒子課業優秀，不但不用補習、還常常拿獎學金，讓家裡節省了一筆不小的開銷。因為父母都是藍領階級，家境並不特別優渥，無法給子女和同齡孩子相同的物質條件；或許也是這種環境讓兒子變得敏感且早熟，自小就很少跟父母開口索取物質需求。葉媽媽稱讚起兒子的貼心，父母親都看在眼裡，但語氣中也透露著些許的愧歉。

葉媽媽本身是工廠作業員，加上出身學歷不高，莫名的自卑感常讓她覺得在親友面前低人一等，但因為兒子在校優異的表現，不僅讓她倍感欣慰，也使她在人前不再覺得矮人一截。聽得出來，當葉媽媽談到兒子時，是以他為榮的。

因為相信孩子，即使學測成績可以進入更熱門的系所，但兒子還是依照自己的興趣填報了非主流的科系，當時在家裡造成一陣波瀾，最終還

是葉媽媽出來緩頰，說服了父親讓小孩照著自己的性向發展。葉媽媽雖然也希望兒子念大多人嚮往的熱門科系，將來進入職場比較有所發展，但最後還是因為信任孩子，所以尊重他的選擇。

「我真的記得好清楚，那是在大年初四的晚上。」葉媽媽覺得上大學的兒子對她愈來愈疏遠。當時兒子瞞著家裡投身同志運動，但尚未出櫃的他無意向家裡透露，因此刻意與家人保持距離，葉媽媽不理解其中的緣由，直到那次過年，兒子不想再對母親隱瞞自己的性向，坦承自己是同志。

「我真的沒有想到。」畢竟孩子也曾經跟異性交往，還跟父母介紹過自己的女朋友。如今孩子說自己喜歡同性，實在讓葉媽媽措手不及，當下葉媽媽哭了。像其他同志父母一樣，葉媽媽震驚之餘也伴隨著許多疑問：「你確定嗎？」「可不可以變？」「會不會得愛滋？」即使兒子回答了這些疑惑，葉媽媽當時還是無法面對，只要求

兒子不要告訴父親，怕保守的父親承受不住。

　　葉媽媽提到她（或許也是所有同志父母）的想法，孩子還小時，她就想著兒子何時要畢業、何時要成家，所有的細節都在她腦海中規劃好了，但當兒子說他喜歡同性時，完全超出她的預期，葉媽媽無法想像若兒子是同性戀，他將來的人生會如何，這也是兒子出櫃後，起初半年葉媽媽不願再面對這個議題的原因。

　　然而葉媽媽心中的疑問與擔憂並沒有停止，她沒有傾吐的對象，只能把這祕密深藏，在空閒時去圖書館找尋有關同志的書籍，吸收較為學術性的知識，例如：什麼是同性戀、同性戀的成因是先天還是後天等。但一切專業的知識並不能平復她的心情，她最想知道的是：我的孩子有沒有「變回異性戀」的方法。在這段期間，兒子也多次希望母親能夠參加熱線的「同志父母親人座談」，葉媽媽原本拒絕，但她的態度終於在兒子第三次的邀請下軟化，踏進了熱線的講座，透過

座談，她看到其他同志父母，經由彼此的心境分享與專家開導，終於慢慢釋懷，接受孩子同志的身分。

以後

問起葉媽媽從一開始的驚訝與不解，到坦然接受的心情轉折，她想了一下，卻好像又說不上來，「我想我很相信他也瞭解他，當孩子跟我說他是同志，就表示他確定了。」

從兒子大學時向母親出櫃，到現在已超過十年，一路走來，葉媽媽看著兒子出社會後有著雖忙碌但穩定的工作，加上有一段經營許久的穩定關係，葉媽媽愈來愈放心，也了解到兒子已經走出了自己的人生，雖然不在她原本的計畫之內，她也慢慢瞭解到自己的計畫永遠趕不上變化。原本想在65歲退休的葉媽媽，幾年前的一場大病打亂了她的規劃，不得已提早離開職場，也因為這場病痛讓她對人生有更不一樣的體悟，覺得生

活過得健康快樂最重要。

現在的她，平常除了負責家務之外，閒暇時也會參加社團，跟自己的好友聚會，夫婦倆有空時也會去遊山玩水，過著剛成家時因忙於工作而無法享受的生活。葉媽媽回憶起孩子還小的時候，一旦有難得的空閒，先生就會開車載全家出去玩，在車上藉由聊天了解兒女在校的情形。葉媽媽說，那是家裡增進情感聯繫的一種方式。而現在若家人聚在一起，有機會還是會開車出遊，談著彼此的近況，只不過駕駛的角色從父親變成兒子。聽到葉媽媽這麼說，彷彿感覺到某種形式的家族傳承。

目前兒子因工作繁多而無法時常回家，葉媽媽總是利用手機提醒兒子早一點睡覺。問她還會擔心兒子嗎？葉媽媽說現在只希望兒子和他的伴侶過得健康快樂，她知道兒子努力做到讓父母放心。看著葉媽媽欣慰的笑容，我想，她真的坦然地接受了自己的兒子。

【同志父母諮詢專線】（02）2392-1970

當父母發現或懷疑子女是同志時，往往會經歷震驚、無助、憤怒或自責；由熱線社工提供專業電話諮詢，陪伴父母，同理父母的情緒起伏，並提供適當的建議，協助您了解孩子、幫助孩子。相信熱線的同志義工與義工爸媽，憑藉累積多年的專業與經驗，可以提供您不同的思維、溝通模式，帶來改變的契機。一個人左思右想，不如一通電話找人聊聊，即時解決心中的困惑。

＊由同志父母親自接聽：每週二18：00-21：00，每週四14：00-17：00

＊由同志志工接聽：每週一四五六日19：00-22：00

VO00023

愛滋味（劇本書）

作　　　者—詹傑
資深主編—謝鑫佑
校　　　對—謝鑫佑、詹傑
資深企劃經理—何靜婷
封面提供—創作社
美術設計—蔡南昇
董　事　長—趙政岷
出　版　者—時報文化出版企業股份有限公司
　　　　　一○八○一九台北市和平西路三段二四○號四樓
　　　　　發行專線—(○二)二三○六六八四二
　　　　　讀者服務專線—○八○○二三一七○五
　　　　　　　　　　　(○二)二三○四七一○三
　　　　　讀者服務傳真—(○二)二三○四六八五八
　　　　　郵撥—一九三四四七二四時報文化出版公司
　　　　　信箱—一○八九九台北華江橋郵局第九九信箱
時報悅讀網—http://www.readingtimes.com.tw
文化線粉專—https://www.facebook.com/culturalcastle/
法律顧問—理律法律事務所　陳長文律師、李念祖律師
印　　　刷—勁達印刷有限公司
初　　　版—一刷—二○二一年五月二十一日
定　　　價—新台幣三三○元
（缺頁或破損的書，請寄回更換）

時報文化出版公司成立於一九七五年，
一九九九年股票上櫃公開發行，二○○八年脫離中時集團非屬旺中，
以「尊重智慧與創意的文化事業」為信念。

本書獲得國家文化藝術基金會戲劇類出版補助

愛滋味（劇本書）/ 詹傑著. -- 初版. -- 臺北市：時報文化, 2021.05
140面；12.8X18.5公分
ISBN 978-957-13-8954-7(平裝)

854　　　　　　　　　　　　110006515

ISBN 978-957-13-8954-7
Printed in Taiwan